CONTOS DA MINHA RUA

Este livro pertence a:

_____

_____

Pierre Gripari

O DIABO
DE CABELO BRANCO
E OUTROS CONTOS

Ilustrações de Cláudia Scatamacchia

Tradução de Monica Stahel

Martins Fontes
São Paulo 2000

Esta obra foi publicada originalmente em francês com o título
CONTES DE LA FOLIE MÉRICOURT – LE DIABLE AUX CHEVEUX
BLANCS ET AUTRES CONTES *por Éditions Bernard Grasset, Paris.*
Copyright © 1997 Éditions Grasset et Fasquelle através de acordo
com AMS Agenciamento Artístico, Cultural e Literário Ltda.
Copyright © Livraria Martins Fontes Editora Ltda.,
São Paulo, 2000, para a presente edição.

1ª edição
junho de 2000

Tradução
MONICA STAHEL

Revisão gráfica
Ana Maria de O. M. Barbosa
Ivany Picasso Batista
Produção gráfica
Geraldo Alves
Paginação
Moacir Katsumi Matsusaki
Fotolitos
Studio 3 Desenvolvimento Editorial (6957-7653)

Dados Internacionais de Catalogação na Publicação (CIP)
(Câmara Brasileira do Livro, SP, Brasil)

Gripari, Pierre, 1925-
 O diabo de cabelo branco e outros contos / Pierre Gripari ; ilustrações de Cláudia Scatamacchia ; tradução de Monica Stahel. – São Paulo : Martins Fontes, 2000. – (Contos da minha rua)

 Título original: Contes de la Folie Méricourt : le diable aux cheveux blancs et autres contes.
 ISBN 85-336-1268-0

 1. Literatura infanto-juvenil I. Scatamacchia, Cláudia. II. Título. III. Série.

00-2314 CDD-028.5

Índices para catálogo sistemático:
1. Literatura infanto-juvenil 028.5
2. Literatura juvenil 028.5

Todos os direitos para o Brasil reservados à
Livraria Martins Fontes Editora Ltda.
Rua Conselheiro Ramalho, 330/340
01325-000 São Paulo SP Brasil
Tel. (11) 239-3677 Fax (11) 3105-6867
e-mail: info@martinsfontes.com
http://www.martinsfontes.com

Contos da Minha Rua

Pierre Gripari nasceu na França, em Paris, no ano de 1925. É filho de mãe francesa e pai grego. Estudou letras e esteve no exército durante três anos. Em 1963 publicou seu primeiro livro, *Pierrot la lune*, que é uma história baseada em sua própria vida. Depois disso, escreveu peças de teatro, contos fantásticos, romances e histórias para crianças. Por volta de 1965 começou uma grande amizade entre o senhor Pierre e as crianças do seu bairro. Dessa amizade nasceram alguns livros que fazem parte desta coleção.

Cláudia Scatamacchia é de São Paulo. Seus dois avós eram artesãos. Cláudia já nasceu pintando e desenhando, em 1946. Quando criança, desenhava ao lado do pai, ouvindo Paganini. Lembra com saudade as três tias de cabelo vermelho que cantavam ópera. Lembra com respeito a influência do pintor Takaoka sobre sua formação. Cláudia recebeu vários prêmios como artista gráfica, pintora e ilustradora. São dela o projeto gráfico e as ilustrações deste livro.

Monica Stahel nasceu em São Paulo, em 1945. Formou-se em Ciências Sociais, pela USP, em 1968. Na década de 70 ingressou na área editorial, exercendo várias funções ligadas à edição e produção de livros. Durante os doze anos em que teve nesta editora, como tarefa principal, a avaliação de traduções e edição de textos, desenvolveu paralelamente seu trabalho de tradutora, ao qual hoje se dedica integralmente.

ÍNDICE

O diabo de cabelo branco — 9

Catarina Sem nome — 37

Joãozinho e a ogra — 65

Pirlipipi, dois xaropes e uma bruxa — 85

O diabo de cabelo branco

Esta é a história do diabo de cabelo branco. Mas, antes de contar a história do diabo de cabelo branco, preciso contar a história da mulher do contra. E, antes de contar a história da mulher do contra, preciso contar como a mulher se tornou do contra.

Certa vez houve uma guerra, e muita gente foi lutar na frente de batalha. Então a mulher do camponês disse ao camponês:

— Fique aqui, não vá lutar na guerra, está ouvindo? Eu preciso de você!

— Tudo bem — disse o camponês.

E ele continuou a lavrar a terra, até o dia em que vieram dois oficiais e disseram:

— O que está fazendo aí? Você devia estar na frente de batalha. Vamos, venha conosco.

A mulher disse:

— Pelo menos agasalhe-se bem, não vá passar frio. Você bem sabe que tem facilidade para se resfriar!

— Vou me agasalhar, tudo bem.

— E trate de não morrer!

— Vou tentar.

— Dizem que, felizmente, a guerra será curta... Tente voltar antes do Natal!

— Vou fazer o possível.

O camponês partiu, mas a guerra foi mais longa do que se esperava. O Natal passou, a Páscoa passou, passou o verão, depois outro Natal, e mais dois... Finalmente, depois do quarto Natal a guerra acabou, com

uma batalha muito, muito grande. Quando a paz foi assinada, o camponês tinha desaparecido.

— Com certeza ele morreu — disse o coronel.
— Agora, quem de vocês vai dar a notícia à viúva?

Um sargento levantou a mão:

— Eu vou, coronel.
— Então vá.

O sargento foi até a casa da mulher e tocou a campainha.

— O que o senhor deseja?
— Venho lhe dar uma triste notícia!
— Que notícia?
— Seu marido morreu!
— Ah! Cuic! — fez a mulher.

E ela desmaiou.

O sargento foi até uma torneira, molhou um lenço, passou-lhe na testa e ela despertou:

— Bom dia, moço... Quem é o senhor? O que deseja?
— Como? A senhora não se lembra?
— Do quê?
— Vim lhe dizer que seu marido está morto!
— Como?

A mulher ficou vermelha de raiva, pegou um bastão, bateu no sargento com toda a força e o pôs para fora. Ele foi falar com o coronel.

— E então? — perguntou o coronel.
— Ela não quis acreditar em mim e me bateu — ele disse.

— É que você não soube dar a notícia... Era de esperar, afinal você é um simples sargento... O senhor, capitão, quer ir até lá?

— Às suas ordens, coronel! — disse o capitão.

Ele foi até a casa da mulher e tocou a campainha.

— O que deseja?

— Vim lhe dar uma triste notícia!

— Que notícia?

Como estava com medo de apanhar, o capitão só disse a primeira letra:

— Seu marido está m...

— O quê? Magnífico? Maravilhoso? Mirabolante?

— Não! Morto!

— Ah! Cuic! — fez a mulher.

E desmaiou de novo.

O capitão molhou um lenço e a fez voltar a si. Então ela disse:

— Bom dia, moço, o que deseja?

— Ora bolas, a senhora não se lembra?

— Do quê?

— Agora mesmo eu disse que seu marido está m...

— O quê? Mole? Míope? Minúsculo? Malvado?

— Não, morto!

— Como?

A mulher pegou um bastão e bateu no capitão, que saiu correndo e foi falar com o coronel:

— Ela não quis acreditar em mim e também me bateu!

— É que vocês não têm nenhuma autoridade. Já que é assim, pode deixar que eu mesmo vou!

O coronel foi à casa da mulher e tocou a campainha.

— Pois não, meu senhor... O que deseja?

— Quero avisar que sou coronel — ele disse. — Então, se a senhora desmaiar, vou lhe dar uns tapas. E, se pegar o bastão, vou mandar prendê-la. Seu marido está morto!

Dessa vez a mulher não fez cuic. Também não pegou o bastão. Ela se vestiu de preto e passou a fazer visitas o dia inteiro, dizendo a todo o mundo o quanto estava infeliz.

Ora, na mesma aldeia havia um velho muito feio, muito rico e muito viúvo, que também se achava muito infeliz por estar sozinho. Um dia ele disse à mulher:

— Já que nós dois estamos infelizes, poderíamos ser infelizes juntos... Seria mais divertido!

— Como assim?

— Bem, sei lá... casando, por exemplo...

— Veja só, não é má idéia!

— Então vamos nos casar?

— Vamos.

No domingo seguinte, ele pôs o belo terno preto que já tinha usado no primeiro casamento, ela pôs o belo vestido branco que já tinha usado no primeiro casamento, e lá foram eles para a igreja. Mas, quando chegaram diante da porta, um homem veio até eles e disse à mulher:

— Ei, não está me reconhecendo?

— Não. Quem é o senhor?

— Olhe bem: sou seu m...

Ele também só disse a primeira letra.

— Meu mimoso? Meu malandro?

— Não!

— Meu marinheiro? Meu moleiro?

— Não, ora!

— Meu merceeiro? Meu ministro?

— Nada disso, ora! Seu marido!

A mulher olhou melhor. Era verdade, era seu marido. Ele não tinha morrido. Só tinha sido feito prisioneiro e agora estava solto.

— Então agora você é minha mulher de novo — ele disse. — Vamos voltar para casa.

— Que coisa desagradável — disse o viúvo. — Agora que já mandei os convites e já encomendei o almoço de casamento!

— Não faz mal — disse o marido —, vamos comer juntos!

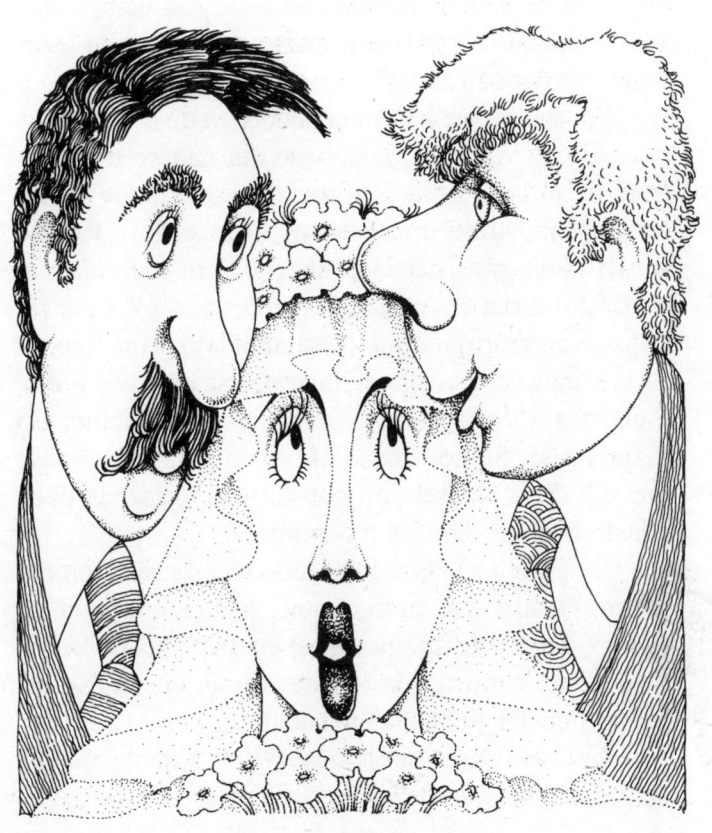

Foi isso que eles fizeram, mas a mulher não estava nada satisfeita.

— Ah, então é assim! — ela pensou. — Os homens ajeitam tudo entre eles, sem pedir minha opinião, sem querer saber o que eu penso... Se pelo menos eles soubessem o que querem! Mas que nada! Está vivo, depois está morto, depois está vivo de novo, assim, sem mais nem menos... Pois bem, a partir de hoje não acredito em mais ninguém e vou fazer o que me der na cabeça!

Foi assim que a mulher se tornou do contra.

Alguns autores dizem que ela não se transformou de um dia para o outro, mas que havia muito tempo já mostrava uma certa predisposição... Eu não sei de nada, pois não a conheci... Em todo caso, a partir desse dia ela passou a dizer, a fazer e a pensar tudo ao contrário do que o coitado do marido queria. Se ele dizia branco, ela dizia preto. Se ele dizia preto, é claro, ela dizia branco. Se ele dizia vermelho, ela dizia verde. Se por acaso ele dizia azul, não pense que ela dizia amarelo ou cor-de-rosa. Não, ela dizia cor-de-laranja! Sempre o contrário!

E não era só isso! Para todo o resto, era sempre assim! Quando ele queria comer fritura, ela fazia assado. Quando ele queria carne, ela fazia peixe. Se ele pedia uma camisa, ela lhe dava uma cueca. Se ele queria banana, ganhava um salame...

Um belo dia, o homem se fartou. Aquela manhã, ao acordar ao lado da mulher, ele disse:

— Fique na cama. Eu vou me levantar.
Claro que ela também se levantou.
— Não se vista, vá se deitar!
Ela se vestiu imediatamente.
— Agora fique em casa. Vou dar uma volta.
Ele saiu, ela foi atrás. Um atrás do outro, os dois caminharam até o Imenso Precipício. É um abismo profundo, tão profundo que nunca ninguém viu seu fundo. Alguns até dizem que ele tem comunicação com o Inferno. O camponês parou bem na beirada e disse à mulher:
— Não se aproxime, fique atrás de mim.
Ela se adiantou e ficou ao lado dele. O homem se fingiu de zangado:
— Fique atrás de mim, eu já disse!
— E por quê?
— Porque eu quero.
— Pois eu não quero!
— Então, pelo menos, não dê mais um passo!
— E se eu quiser dar mais um passo?
— Você não vai dar!
— E por quê?
— Porque estou proibindo!
— Pois então vamos ver!
Ela deu um passo e, vluf!, caiu no abismo. Era isso que o camponês queria, claro. Ele esfregou as mãos e voltou para casa assobiando uma musiquinha.
Durante um dia ou dois, o camponês viveu completamente feliz. Que calma! Que sossego! Porém, ao

fim de oito dias ele percebeu alguns inconvenientes. A casa estava sem varrer, não havia nada no guarda-comida, a louça suja de uma semana se amontoava na pia... Ao fim de quinze dias a situação se tornou grave: a roupa estava toda suja, as meias estavam furadas, sua calça tinha rasgado atrás, havia poeira por todo lado... O homem se pôs a meditar:

— Fui um pouco duro com aquela pobre mulher... No fundo ela não era tão má assim... Tinha suas qualidades... Por Deus, se ela não estiver morta, vou procurá-la!

Ele pegou uma corda bem, bem comprida e voltou à beira do Imenso Precipício. Chegando lá, jogou a corda no buraco e a deixou cair, segurando pela ponta. Depois gritou com toda a força:

— Ei, velha! Segure bem! Vou tirar você daí!

Será que foi esperteza dele? Acho que não... Se a velha ouvisse, do contra como era, ela não ia segurar na ponta da corda... No entanto, a corda se esticou, o camponês sentiu que ela ficou pesada, pesada... Então ele gritou:

— Segure firme!

Ele puxou, puxou, com toda a força, e do abismo saiu... quem? Vocês não vão adivinhar nunca! Não era sua mulher, mas um diabo jovem, barbudo e cabeludo, com todos os pêlos e cabelos brancos. Assim que saiu do precipício, o diabo abriu os dois braços, caiu de joelhos diante do camponês e exclamou alegremente:

— Obrigado, bom homem, por ter me tirado desse inferno! Imagine que há um mês uma mulher caiu daqui, uma mulher terrível, pavorosa, que nos faz passar raiva dia e noite! Eu, que até então era de um lindo verde, como todos os da minha raça, veja só, fiquei todo branco!

— Diabo — disse o camponês —, estou pensando uma coisa... Pois, justamente, eu vim buscá-la! É minha mulher, sabe...

— É sua mulher e você veio buscá-la? — disse o diabo, horrorizado. Era difícil acreditar no que estava ouvindo.

— Pois é... preciso dela para arrumar a casa, cozinhar, lavar roupa, varrer o chão...

— Pelo amor da Terra ou do que você quiser — disse o diabo —, não faça essa besteira! Deixe-a onde ela está! Se ela subir, certamente vai me perseguir... E, para lhe agradecer minha libertação, vou fazer você ficar rico. Assim não precisará mais dela nem de ninguém.

— Ótimo, veio em boa hora — o camponês disse, e levou para sua casa o diabo de cabelo branco.

Aliás, ele não era diabo por acaso: era um grande, grande mágico. Levantou um dedo, e a louça já estava limpa. Levantou dois dedos, e a roupa estava lavada. Disse uma palavra, e o chão apareceu varrido. Com duas ou três palavras, cerziu as meias. Com uma canção, pregou os botões e costurou a calça.

Depois disso, o diabo proferiu algumas palavras mágicas e fez surgir do chão uma mesa servida. Convidou seu anfitrião para jantar. Assim que tomaram o café, fez tudo voltar para debaixo da terra.

— Agora — disse o demônio —, vamos falar de coisas sérias. Você conhece a filha do prefeito?

— Conheço.

— Ela é bonita, não é mesmo?
— Muito bonita!
— Mas também é rica?
— Muito rica!
— Gostaria de se casar com ela?
— Muito! Mas é impossível...

— Você vai ver se é impossível! Vou entrar nela e fazê-la ficar doente. Vão chamar o médico, o professor e o feiticeiro, o padre, o pastor e o curandeiro, o aiatolá, o promotor e até o jardineiro. Ninguém conseguirá nada! Então você irá curá-la e se casar com ela.

— Mas como é que vou fazer para curá-la?

— É só dizer: "Chega de tanta dor, saia já Belfegor!" E eu sairei na mesma hora.

— Tudo bem, combinado!

No dia seguinte a cidade toda ficou sabendo que a filha do prefeito estava doente. Ela não comia, não bebia, não dormia, estava muito agitada e falando um monte de palavrões.

Chamaram o médico, o professor e o feiticeiro, o padre, o pastor e o curandeiro, o aiatolá, o promotor e até o jardineiro… Mas, por mais que eles todos fizessem e dissessem, não conseguiram curá-la.

Então o camponês foi falar com o prefeito e disse:

— Sua filha está com um demônio no corpo e eu vou expulsá-lo!

O prefeito o encarou, com os olhos arregalados.

— Desde quando você sabe expulsar demônios?

— Nunca expulsei, mas esse eu vou pôr para fora!

— E o que vai querer em troca?

— Se eu curar sua filha, vou me casar com ela.

— É muita ousadia! — disse o prefeito. — Tudo bem, já que é assim, se você a curar poderá se casar com ela. Mas, se não a curar, vai ter que se entender comigo!

Fizeram o camponês entrar num quarto. A moça estava lá, numa poltrona, vigiada por dois homens robustos que precisavam usar toda a sua força para mantê-la sentada. Quando ela viu o camponês entrar, começou a lhe falar com a voz do diabo, dizendo injúrias das mais grosseiras, que não tenho coragem de repetir aqui. Mas o velho não se abalou:

— Chega de tanta dor, saia já Belfegor! — ele disse.

Então a moça deu um grito e soltou pela boca uma coisa nebulosa, brumosa, pilosa, uma coisa peluda, barbuda, felpuda, uma coisa rodopiante, voltejante, arrepiante. A coisa se elevou no ar, deu uma volta pelo quarto e saiu pela janela aberta.

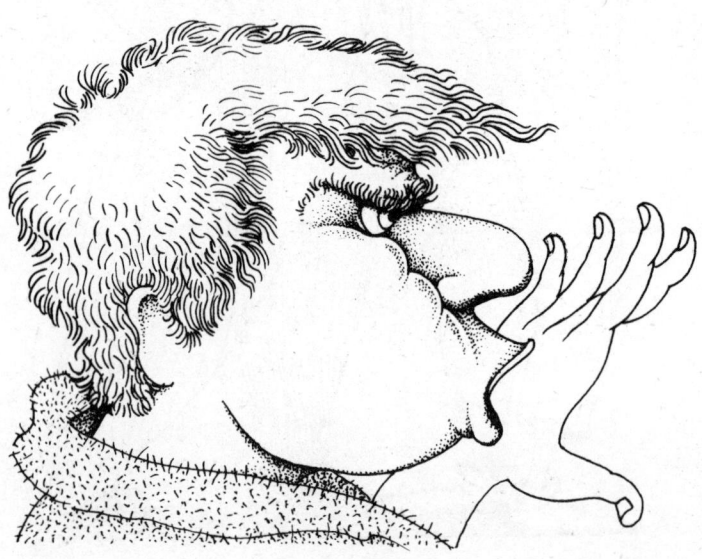

A filha do prefeito estava curada. Ela era bonita, graciosa, meiga e estava muito grata. O camponês se casou com ela e se tornou um dos homens mais ricos do país.

— Então, está contente? — perguntou o diabo de cabelo branco.

— Ah, sim, muito contente! Obrigado!

— Isso ainda não é nada. Graças a mim você se tornará governador de uma província e será convidado para participar das festas da corte. Vá morar na capital com sua mulher!

O camponês vendeu sua casa, despediu-se do prefeito e foi morar na capital do reino, com sua jovem esposa. Não fazia nem dois dias que ele tinha se instalado quando correu a notícia: a filha do primeiro-ministro estava doente. Não comia, não bebia, não dormia, estava muito agitada e falando um monte de palavrões. Nem o médico, nem o rabino, nem o bispo, nem o arcebispo, ninguém pôde fazer nada de nada!

O camponês foi falar com o primeiro-ministro:

— Posso curar sua filha — ele disse.

— E o que vai querer em troca?

— Vou querer me tornar governador de uma província inteira e poder assistir às festas da corte!

— Que ousadia! — disse o primeiro-ministro. — Enfim, tudo bem, aceito. Terá tudo isso se curar minha filha. Mas, se não a curar, ai de você!

Levaram o homem até um quarto magnífico, todo forrado de veludo. A moça estava na cama, e quatro criadas robustas a seguravam. Ela estava em plena crise e dizia coisas totalmente indignas de uma donzela da sociedade.

— Chega de tanta dor, saia já Belfegor!

Também dessa vez a doente abriu a boca, e o demônio saiu gritando, deu três voltas pelo quarto e escapou pela janela aberta.

O camponês se tornou governador, sua mulher se tornou castelã e os dois foram incluídos na lista de convidados para todas as festas da corte.

— Está contente? — perguntou o diabo de cabelo branco.

— Estou felicíssimo, encantado! Muito obrigado!

— Então minha dívida está paga — disse o diabo. — A partir de agora vou trabalhar por minha conta e peço que me deixe em paz. Entendeu?

— Entendi e prometo que será assim!

Nosso novo castelão foi visitar suas terras em companhia da jovem esposa. Mas, assim que se instalou em seu novo domínio, ficou sabendo de mais uma notícia: dessa vez era a filha do rei que estava doente. Ela não comia, não bebia, não dormia, estava muito agitada e falando um monte de palavrões...

O homem bem que desejava que o esquecessem, mas não pôde fazer nada. Já tinha curado duas moças, todo o mundo sabia! O rei mandou um batalhão de guardas armados de punhais, fuzis, cartuchos e baionetas para procurá-lo... Não havia como dizer não!

No dia seguinte, ele foi levado à sala do trono:

— Então, meu caro — disse o rei —, é verdade que você é capaz de expulsar demônios?

— Eu? Ah, não... não é bem assim!

— Como? Não é bem assim? Ora, você curou a filha do prefeito de sua cidade, a filha do meu primeiro-ministro e está se recusando a curar a filha do rei? Só faltava essa!

— Na verdade, Majestade, eu não sou tão competente assim... Foi uma questão de sorte... quero dizer, duas questões de sorte...

— Ora, não seja modesto! Além do mais, não é tão complicado: se você não curar minha filha, será esfolado vivo e confiscarei seus bens! E sua mulher terá de voltar para a cidade dela... Guardas! Levem este senhor ao quarto da princesa, minha filha!

E lá foi o nosso homem, diante dos olhares irônicos dos médicos, professores, feiticeiros, padres, pastores, curandeiros, aiatolás, promotores, jardineiros e charlatães de toda a corte, que bem gostariam de vê-lo ser esfolado vivo.

Por um longo corredor, ele foi levado a um salão decorado de ouro, onde estava a filha do rei, controlada com muita dificuldade por uns vinte enfermeiros. Ao ver o camponês, ela começou a berrar com voz de homem, uma voz grosseira e vulgar:

— Seu velho coisa e tal (não posso repetir exatamente o que ela disse), como você ousa vir me coisar depois do que me prometeu? Pode ir dando o fora daqui!

O que fazer? O velho camponês pensou, pensou e acabou tendo uma idéia genial.

— Escute aqui, vou explicar — ele disse, em voz baixa. — Dessa vez eu não vim encontrá-lo por mim, mas pela minha mulher, você sabe, minha primeira mulher...

O demônio parou de gritar na mesma hora:

— Sua primeira mulher? Então ela não está no fundo do abismo?

— Não! Por culpa minha, fui muito imprudente... Imagine que ontem passei perto do Imenso Precipício e então, por acaso, sem pensar, eu disse em voz alta: "Que bom que você está aí dentro, minha velha, pode ficar onde está!" Mas você bem sabe como ela é do contra... Bastou eu pronunciar essas palavras para ela sair imediatamente!

— Imbecil! E aí?

— Ela estava furiosa, primeiro comigo, porque a abandonei, mas também com você. Ela me disse: "Foi por causa daquele diabo que você me largou nesse buraco para se casar com outra, não foi? Muito bem, pois agora me leve até ele, pois tenho umas coisinhas para lhe dizer! Depois nós dois é que vamos acertar nossas contas!"

— E o que foi que você respondeu?

— Quis recusar, é claro, mas você a conhece... Agora ela está atrás da porta e quer falar com você...

Diante dessas palavras, a princesa — ou melhor, o diabo que estava dentro da princesa — soltou pios chorosos, gritos agudos, guinchos desesperados, uivos de cão ferido, depois saiu pela boca da moça, rodopiou, ziguezagueou, girou, procurou uma portinhola, uma janela, uma abertura qualquer, mas o recinto estava todo fechado. Então ele quebrou uma vidraça, se afastou como um ciclone e desapareceu no céu. Dessa vez ele foi para tão longe, tão longe, que nunca mais ninguém naquela região o viu nem ouviu falar nele.

Catarina
Sem nome

Era uma vez uma velha bruxa. Era a bruxa mais feia, má, ruim e horrível que já se tinha visto no mundo.

Ela era tão feia que tinha sido eleita Miss Feiúra 1931.

Era tão má que tinha sido eleita Miss Maldade 1951.

Tão ruim que tinha sido eleita Miss Ruindade 1961.

E tão horrível que tinha sido eleita Miss Horror 1981.

Essa velha bruxa não tinha nome, pois era de fato inominável. Quando por acaso se queria falar dela, dizia-se Miss Feiúra, ou Miss Maldade, ou Miss Ruindade, ou Miss Horror, ou então simplesmente sra. Sem nome.

A sra. Sem nome tinha uma filha. Não era filha dela, é claro, pois a bruxa era ruim demais para ter filha. Era uma menina sem pais, que ela tinha criado. Essa menina se chamava Catarina. Catarina Sem nome, é claro.

Ao contrário da mãe adotiva, Catarina Sem nome era a criatura mais bonita, mais gentil, mais deliciosa, mais adorável que já se tinha visto. Tão bonita, gentil, deliciosa e adorável que ninguém no mundo sabia disso, nem mesmo ela. Todos os dias a bruxa lhe dizia:

— Você é feia! Não sabe se vestir! É desastrada! Não sabe fazer nada! Nenhum rapaz vai querer saber de você!

E a pobre Catarina pensava:

— Minha boa mãe Sem nome tem experiência da vida, ela sabe do que está falando... Com certeza tem razão! Nunca vou encontrar marido!

E a menina voltava ao trabalho, pois fazia tudo na casa: arrumava, lavava louça, cozinhava, fazia as compras, sem um dia de descanso, alimentando-se apenas de uma tigela de sopa a cada oito dias!

Aposto que agora vocês vão me perguntar por que aquela bruxa feia, má, ruim e horrível tinha pego uma criatura tão bonita, gentil, deliciosa e agradável para criar... Por quê? Pois vou dizer. Porque ela esperava conseguir a média. Vocês sabem que na escola, para passar de ano, uma nota alta em matemática pode acabar compensando uma nota baixa em história, por exemplo... A sra. Sem nome achava que com o tempo poderia pegar um pouco das qualidades de Catarina, ao passo que a menina, em troca, poderia pegar alguns de seus defeitos.

Mas a bruxa estava enganada. Quanto mais os anos passavam, mais Miss Horror se tornava horrível, pois sua ruindade era realmente eliminatória. Quanto a Catarina, tornava-se cada dia mais encantadora.

— O que será que eu posso fazer? — perguntou-se a bruxa.

Ela pensou, repensou, dormiu, acordou, refletiu, meditou, e finalmente teve uma idéia. Foi correndo até a padaria.

— Bom dia, sr. Padeiro!

— Bom dia, Miss Maldade!

— O senhor tem pãozinho falante?

— Ah, sinto muito, Miss Ruindade! Acabei de vender o último.

— Azar! Até logo, sr. Padeiro!

E ela foi correndo até a loja de tintas.

— Bom dia, sr. Vendedor de tintas!

— Como vai, Miss Feiúra?

— O senhor tem Espelho mágico?
— Ainda devo ter um no depósito...
— Então vá buscá-lo! Quero levá-lo já!
— Nesse minuto, Miss Horror!

O vendedor de tintas saiu, remexeu um monte de objetos na sala ao lado e, de repente, ouviu-se alguma coisa mais ou menos assim:

— Badabum! CRAC! Dilim dilim dilim! Ai! Droga!! Desgraçado!!!

E mais algumas palavras que infelizmente esqueci.

O vendedor reapareceu mancando, com um olho escuro e um galo enorme na testa. Ele estava muito mal-humorado:

— Quebrei o Espelho mágico! Vou ter sete anos de desgraça!

— Ora, azar! Até logo, sr. Vendedor de tintas!

E a bruxa foi procurar o sr. Engenheiro.
— Bom dia, sr. Engenheiro!
— Bom dia, sra. Sem nome!
— Eu queria um computador.
— Para quê?
— Para responder a algumas perguntas...
— Tudo bem, posso lhe vender um computador... Acontece que existem computadores de todos os tipos, de todas as formas e de todas as cores... Como a senhora quer o seu?
— Em primeiro lugar, quero que ele responda a todas as minhas perguntas!
— Certo...
— Que ele me diga toda a verdade, só a verdade...
— Está anotado!
— E, principalmente, que ele me obedeça!
— Só isso?
— É, acho que é só isso... O senhor pode me arranjar o que eu quero?
— Posso!

O engenheiro saiu por alguns minutos, depois voltou trazendo uma caixa.
— Aqui está — ele disse —, um computador a pilha. É muito fácil lidar com ele! Para começar, vou lhe dar de comer todas as coisas que a senhora quer, depois pode levá-lo e lhe fazer perguntas sempre que quiser.

Ele colocou a caixa em cima da mesa, depois enfiou nela três cartões perfurados, um de cada vez.

Neles estavam escritas, em linguagem de computador, os três seguintes mandamentos:

artigo um: Responderás a todas as perguntas.
artigo dois: Dirás toda a verdade, só a verdade.
artigo três: Farás tudo o que te for ordenado.

O computador engoliu os três cartões, um de cada vez, e depois disse: "Pataclic! Pataclic!", soltou um raio de luz verde e ficou quieto.

— Aqui está, sra. Sem nome! Seu computador está pronto. Quer testá-lo já?

— Não, não, vou fazer isso lá em casa... Quanto é?

— Bem, para a senhora, o preço é... uma garrafa da Água que torna invisível! É possível?

— Claro, sr. Engenheiro! Vou mandá-la daqui a quinze minutos!

E a bruxa foi embora, com a caixa debaixo do braço. Mal chegou em casa e já começou a gritar:

— Catarina! Sua vadia! Onde você se meteu?

— Estou aqui, Mãe! — disse Catarina.

— Ah, você está aí? Eu não tinha visto... Bah! Está mais feia ainda do que ontem! Diga uma coisa, você sabe o que vai fazer?

— Como sempre, Mãe! Vou fazer o que a senhora mandar!

— Certo. Pegue aquela garrafa, ali na prateleira... Cuidado! Você é muito desastrada!

— Pronto, Mãe. E agora?

— Agora vá entregá-la ao sr. Engenheiro. E não demore! Você é muito preguiçosa...

— Eu vou correndo!

— Não, não corra! Você é muito tonta... Sabe o que tem nessa garrafa?

— Não, Mãe.

— Água que torna invisível. Se você deixar cair no chão uma gota que seja, não vai mais dar para ver o chão!

— Tudo bem, Mãe, vou tomar cuidado.

— Espero... Você é muito esquecida! Pronto, agora vá!

E Catarina foi.

Ao ficar sozinha, a bruxa trancou a porta a chave, depois se sentou diante da caixa colocada sobre a mesa e começou a cantar:

Computador, não me deixe ansiosa,
diga que sou uma beldade,
que Catarina é horrorosa.
E quero que isso seja verdade!
Se não me obedecer
Você vai se arrepender.

Se vocês fossem o computador, o que responderiam? Se fosse eu, confesso que não saberia o que fazer... Mas o computador não era bobo. Sem vacilar, ele cantou:

VOCÊ É LINDA DE DAR PAVOR,
CATARINA É FEIA COMO UMA FLOR.

Esperto, não é mesmo? Respondeu como devia, disse o que a bruxa mandou, e achou um jeito de não mentir.

Porém essa resposta deixou a sra. Sem nome meio confusa. Mas, como estava num de seus bons dias, ela a interpretou da melhor maneira.

— Afinal — ela pensou —, é verdade que muita beleza pode dar medo! E nem todas as flores são bonitas, há algumas que são muito feias!

Aquela noite a bruxa foi muito mais gentil com Catarina do que de costume. Até lhe deu uma tigela de sopa, embora a menina já tivesse tomado a sopa da semana dois dias antes!

Na noite seguinte, porém, a bruxa teve um pesadelo horrível. Sonhou que estava passeando no meio de flores lindas, mas, assim que colhia uma, a coitadinha murchava de medo da feiúra dela.

Aquela manhã, assim que levantou, ela xingou Catarina aos gritos e a mandou para muito, muito longe, fazer um monte de compras. Depois se fechou no quarto para interrogar de novo o computador:

Computador, não me deixe ansiosa,
diga que sou uma beldade,
que Catarina é horrorosa.
E quero que isso seja verdade!
Se não me obedecer
Você vai se arrepender.

No lugar do computador, o que vocês diriam? Se fosse eu, acho que teria calado o bico... mas ainda bem que o computador tinha presença de espírito. Ele respondeu, palavra por palavra:

VOCÊ É LINDA COMO UM SAPO BREJEIRO,
CATARINA É FEIA COMO UM CORDEIRO.

A bruxa refletiu um tempão... Mas, como ainda estava de bom humor, tomou a resposta no bom sentido.

— Afinal — ela pensou —, os sapos podem ser muito bonitos! A prova é que todo sapo sempre arruma uma sapa para se casar com ele... Mas os cordeiros são brancos, bobos, macilentos e cheiram a costeleta rançosa... Além disso, eles berram: "Bééé, bééé", com uma voz tão vulgar que dá até vontade de lhes dar um chute no traseiro!

Minha nossa! A noite seguinte, a sra. Sem nome teve um sonho assustador! Tinha virado sapo e estava no meio de um rebanho de cordeiros. Os cordeiros eram lindos, mas o sapo era tão pavoroso que o pastor, ao vê-lo, pegou-o pela pata e jogou-o na lagoa!

Dessa vez Miss Horror levantou furiosa. Assim que acabou de se lavar, se vestir e tomar café, mandou Catarina para longe. Depois fechou bem a porta, sentou diante do computador e perguntou, num tom zangado:

> Computador, não me deixe furiosa,
> diga que sou uma beldade,
> que Catarina é horrorosa.
> E quero que isso seja verdade!
> Se me enganar ao responder
> Você vai se arrepender.

Se eu fosse o computador, confesso que teria medo… Mas o computador, intrépido, modulou com uma voz macia:

VOCÊ É LINDA COMO UM CAPETA,
CATARINA É FEIA COMO UMA BORBOLETA.

Mas dessa vez a bruxa desconfiou! Olhou para fora e viu umas borboletas. Como eram bonitas! Depois se deu conta de que o capeta é sempre horrível... Então voltou a sentar e disse ao computador:

> Computador, traidor abominável!
> Você é mesmo um incapaz,
> nunca diz nada agradável.
> Cale essa boca, me deixe em paz,
> esqueça tudo o que aprendeu,
> quem fala agora sou só eu.

— Pataclic! Pataclic! — fez o computador.

Ele acendeu e apagou sua luz verde e, desse dia em diante, nunca mais falou nada. Algumas horas depois, Catarina chegou. Além de não ganhar sopa, levou uma bofetada e teve de ir para a cama. A bruxa, por sua vez, também foi para a cama sem jantar, despeitada.

No dia seguinte, ela disse à menina:

— Hoje você vai me fazer o favor de colher a Flor azul que dá na beira do Imenso Precipício. Cuidado para não cair, você é muito atrapalhada!

É evidente que ela esperava que Catarina tivesse uma vertigem, caísse no Imenso Precipício e morresse.

A menina foi, mas não morreu. Catarina não era muito corajosa, tinha medo de escuro, de raio, de trovão... mas não tinha medo de altura! Chegando à beira do precipício, em vez de estremecer como outros fariam, ela se agarrou com toda a força a um galho bem firme, se debruçou, colheu a flor, se ergueu de novo e voltou para casa.

Foi perigoso, é claro. Aconselho vocês a não fazerem o que Catarina fez!

Ao vê-la, a bruxa fechou a cara. Foi se deitar e ficou pensando o dia inteiro e a noite inteira... No dia seguinte, ela disse:

— Para fazer minhas feitiçarias, estou precisando de um fio de bigode de tigre. No Jardim Zoológico tem um tigre siberiano. Vá até lá, entre na jaula, arranque um fio do bigode dele e traga para mim. Puxe devagar, para não machucar o coitado! Você é tão bruta!

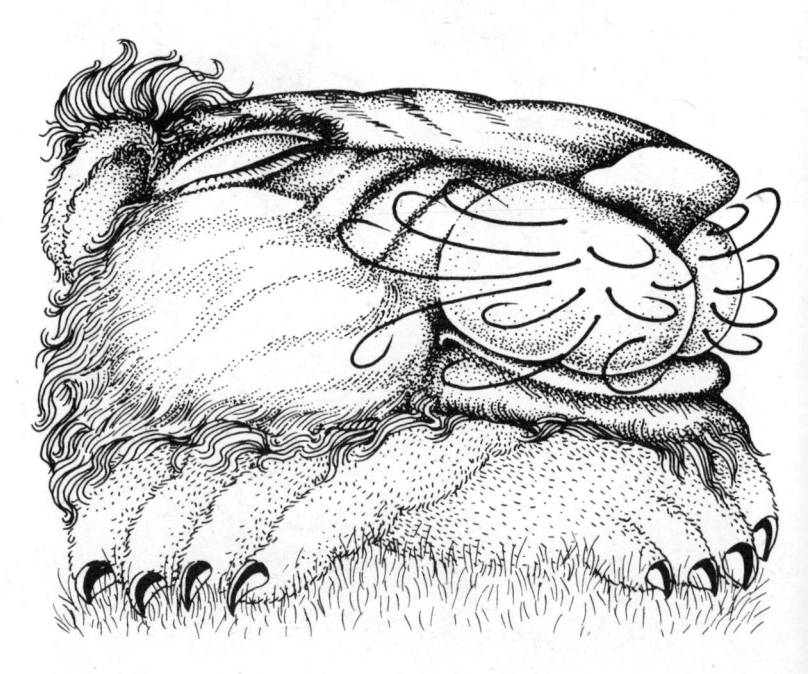

É claro que ela esperava que Catarina vacilasse, que o tigre se zangasse e a devorasse. Catarina foi e, sem mais nem menos, entrou no Zoológico. Ela tinha medo de marimbondo, de cobra e de piolho, mas, de animais ferozes, nem um pouco! A menina entrou decidida na jaula do tigre siberiano. O tigre era lindo, tinha o pêlo sedoso e estava dormindo como um anjo... Ela agarrou um fio do bigode dele, deu um puxão, arrancou-o e saiu.

— Aeuum! — rugiu o tigre.

Mas Catarina já tinha ido embora, tranqüila, sem se afobar, e tão discretamente que a fera até hoje não entendeu o que houve.

Foi um lance perigoso! Não tentem fazer a mesma coisa!

Dessa vez, quando a sra. Sem nome viu Catarina chegar segurando o fio do bigode do tigre entre os dedos, como se fosse uma flor, ficou tão atrapalhada que levou três dias para conseguir ter outra idéia.

No quarto dia, finalmente, ela disse à menina:

— Vá procurar o Ursão da floresta. Diga que é para ele vir falar comigo, pois quero devorá-lo. Mas fale delicadamente, você é muito estúpida!

— E se ele recusar, Mãe?

— Se ele recusar, traga-o à força! E seja gentil, você é muito mal-educada…

— E se eu não conseguir?

— Azar seu! Se voltar sem ele, não precisa nem vir. Minha porta estará fechada, não vou deixar você entrar!

— Está certo, Mãe! — disse Catarina.

E ela foi embora sem discutir.

Claro, nenhum urso se deixa levar por uma menininha. Principalmente quando é para ser devorado por uma velha bruxa! Miss Horror sabia disso.

— Assim — ela pensou —, o Ursão vai devorar a pestinha da Catarina e vou me livrar dela! Ah, como eu sou má! Sou tão inteligente quanto bonita!

Pelo menos nisso ela tinha razão.

Catarina saiu da cidade, andou, andou, chegou à floresta, se embrenhou nela, procurou muito, até que finalmente se viu diante da entrada de uma caverna. Bem ao lado da abertura, havia uma caixa de correio em que estavam escritas estas palavras:

SENHOR URSÃO

Catarina quis bater, mas não havia porta. Ela quis tocar, mas não havia campainha. Então ela começou a gritar:

— Sr. Ursão, sr. Ursão!

Uma voz grave respondeu:

— O que foi?

— Sou eu, Catarina Sem nome!

— Catarina sem o quê?

— Sem nome! Catarina Sem nome!

— Espere um pouco! Já vou indo!

No lugar de Catarina, vocês teriam esperado? Pois eu confesso que teria saído correndo, correndo... Mas Catarina, que tinha medo de tanta coisa, como por exemplo de aranha, rojão e corrente de ar, não tinha medo de urso. Quem quiser que entenda... Mas não aconselho ninguém a fazer o que ela fez!

Dali a um minuto, ela ouviu: Bum! Bum! Eram passos muito pesados, muito lentos, que faziam o chão tremer. E o Ursão apareceu na porta da caverna:

— Você disse Catarina Sem nome?
— Isso mesmo, sr. Ursão!
— O que quer de mim, Catarina Sem nome?
— Vim buscá-lo para levá-lo até minha mãe.
— O que sua mãe quer de mim?
— Ela quer devorá-lo!
— Quer me o quê?
— Devorar!

Houve um instante de silêncio.

— Essa menina está completamente louca — pensou o Ursão.

Depois ele disse em voz alta:

— E se eu me recusar a ir com você?

— Então tenho ordens de levá-lo à força!

Dessa vez o Ursão morreu de rir.

— Você acha que vai conseguir?

Catarina o examinou. O Ursão era três vezes maior do que ela e certamente vinte vezes mais pesado. A menina respondeu com simplicidade:

— Não sei. Vou tentar.

— E se não conseguir? — perguntou o Ursão, divertido.

— Aí vou ficar aqui, esperando até o senhor aceitar. Seja como for, não posso voltar sem o senhor; minha mãe disse que não vai abrir a porta.

O Ursão, cada vez mais divertido, não agüentou de vontade de zombar da menina. Ele disse:

— Se comer a minha pata esquerda, vou com você.

Era brincadeira, é claro. Só que Catarina, sem esperar, avançou na pata esquerda do animal e a devorou. Vendo isso, o Ursão ficou tão espantado que até esqueceu de protestar! Ele exclamou:

— Minha nossa! Parece que você estava com muita fome!

— Ah, estava mesmo, sr. Ursão!

— Sua mãe não lhe dá comida?

— Dá, sim, sr. Ursão... De vez em quando...

— Como assim, de vez em quando?

— Bem... Toda semana...

— Não me diga que você só come uma vez por semana!

— Bem, depende... Às vezes mais, às vezes menos... Hoje de manhã, por exemplo, fazia sete dias que eu não comia. Mas a semana passada tomei sopa duas vezes...

— Só sopa?
— Só.
— E mel? Você não come mel?
— O que é mel?

Ao ouvir essa pergunta, o Ursão ficou sem fala. Mas logo recuperou o equilíbrio e a lucidez.

— Muito bem, Catarina Sem nome, já que é assim, você não vai mais voltar para a casa da sua mãe. Vai ficar comigo. Você me comeu uma pata e eu não posso mais cozinhar. Você vai cozinhar para nós dois, vai arrumar a casa e comer duas vezes por dia, à vontade. Ah, já ia esquecendo: vou lhe dar mel para experimentar.

— Mel é tão gostoso assim?
— É a melhor coisa do mundo!
— Ah, que bom! Obrigada, sr. Ursão!

Agora Catarina mora na casa do Ursão e os dois estão muito felizes. A velha bruxa, por sua vez, está muito feliz por não ver mais Catarina… Assim, todo o mundo está feliz.

P. S. — Na hora de imprimir este livro, fiquei sabendo que na caixa de correio da caverna agora está escrito:

SENHOR E SENHORA URSÃO

O que vocês acham que isso significa?

P. S. 2 — Alguém me perguntou o que aconteceu com a garrafa de Água que torna invisível, aquela garrafa que a bruxa mandou Catarina levar ao sr. Engenheiro... Na verdade, isso daria uma bela história... Será que vocês mesmos não querem escrevê-la?

Joãozinho
e a ogra

Longe, muito longe daqui, num país muito distante, à beira do mar profundo, um velho pescador vivia em sua casinha, com sua velha mulher e seu filhinho.

Ele era muito velho, alquebrado e cansado, mas felizmente tinha um barco mágico. Era um barco que não precisava de vela nem remo. Bastava entrar nele e dizer:

— Navega, barquinho!

E o barco deslizava até alto-mar. Chegando lá, o pescador pescava, pescava até não querer mais... Para voltar, era só dizer:

— Volta, barquinho!

E o barquinho voltava sozinho até a praia.

Mas, um belo dia, ou melhor, um mau dia, o velho pescador adoeceu.

O pai doente significava que dentro de pouco tempo não haveria mais pesca, nem peixe, nem dinheiro, nem provisões, nem nada para comer... O pescador ficou aflito, e sua velha mulher também. Mas Joãozinho, que os ouviu, foi falar com os pais:

— Se vocês quiserem, hoje irei à pesca!

— Mas você é muito pequeno, meu filho!

— De jeito nenhum! Tenho doze anos! Por favor, deixem!

— Tudo bem, já que você insiste, pode ir! Mas seja prudente!

— Obrigado mamãe, obrigado papai, vai dar tudo certo, não se preocupem!

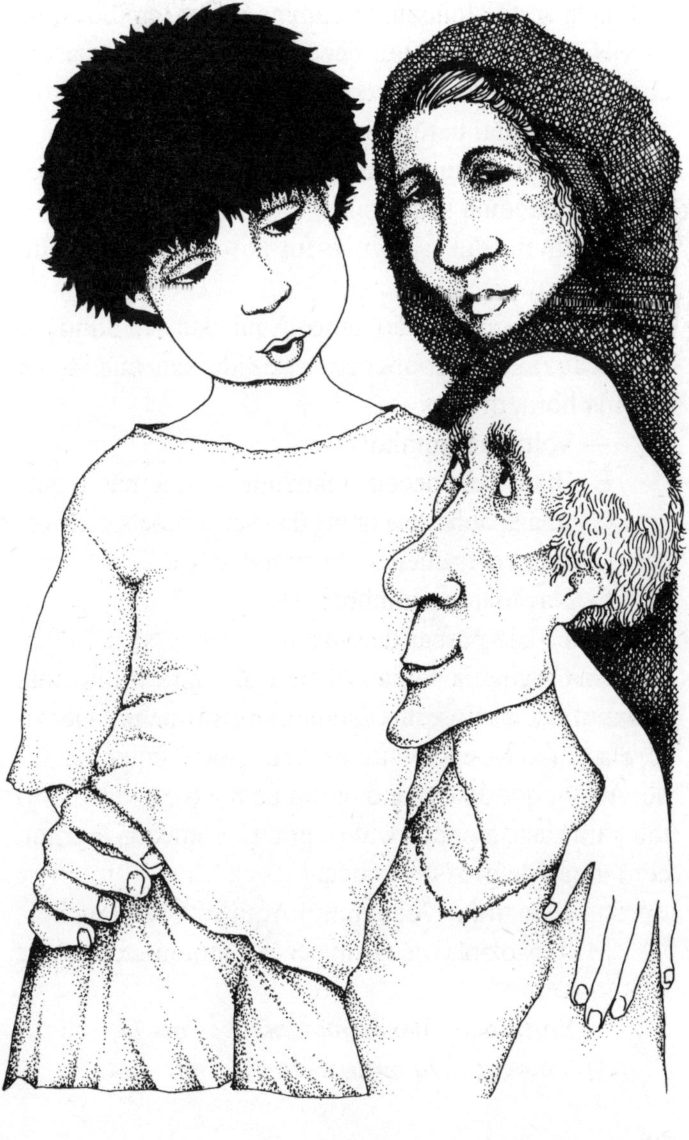

E lá se foi Joãozinho com as linhas, as redes, os anzóis e tudo o que era necessário. Subiu no barco, como via o pai fazer, e, como o pai, gritou bem alto:

— Navega, barquinho!

O barco navegou, navegou, até o alto-mar, e Joãozinho começou a pescar.

Ao meio-dia, sua mãe foi até a praia com um cesto enorme.

— Joãozinho, Joãozinho! Aqui está seu almoço!

Joãozinho reconheceu a voz de sua mãe e, na mesma hora, gritou:

— Volta, barquinho!

E o barco obedeceu. Joãozinho deu à mãe o peixe que tinha apanhado, ela lhe deu seu almoço, ele descansou, comeu e, quando terminou, disse:

— Navega, barquinho!

Lá foi ele pescar de novo.

Ora, naquela região havia uma ogra muito má, que morava na floresta. Escondida atrás de uma árvore, ela viu tudo, espiou tudo, seguiu tudo, entendeu tudo. Assim que Joãozinho partiu de novo e a velha voltou para casa, a ogra foi até a praia e começou a gritar, com uma voz grossa e rouca:

— Joãozinho, Joãozinho! Aqui está seu lanche!

Mas Joãozinho não caiu nessa. Limitou-se a cantar:

Barquinho, barquinho, não vás até lá,
essa voz é da ogra, e a ogra é má.

— Ora essa! — pensou a ogra, decepcionada. — Será que ele não ouviu?

Ela gritou mais alto, com uma voz esganiçada:

— Joãozinho, Joãozinho! Aqui está seu lanche!

Depois aguçou os ouvidos e ouviu Joãozinho cantar para seu barco:

Barquinho, barquinho, não vás até lá,
essa voz é da ogra, e a ogra é má.

Então a ogra entendeu. Correu até a aldeia e foi procurar o ferreiro.

— Quero que me faça uma voz de ouro, como a da mãe do Joãozinho!

— Para quê? — perguntou o ferreiro.

— Não é da sua conta! Faça uma voz de ouro para mim!

— Prefiro não fazer — disse o ferreiro. — Tenho certeza de que você está com más intenções!

Mas a ogra não estava a fim de perder tempo discutindo.

— Se não me fizer uma voz de ouro, vou devorá-lo!

— Ah, já que é assim… — disse o ferreiro.

E ele fez uma voz de ouro para a ogra. Ela voltou à praia e começou a gritar:

— Joãozinho, Joãozinho! Aqui está seu lanche!

Dessa vez, como ela tinha uma voz de ouro, Joãozinho se deixou enganar. Na mesma hora ele exclamou:

— Volta, barquinho!

Ele encalhou na areia, depois entregou à ogra todo o peixe que tinha pescado. Mas ela, em vez de pegar o peixe, pegou Joãozinho pelos fundilhos da calça, enfiou-o num saco enorme e o carregou para o fundo da floresta.

Chegando diante de sua casa, ela gritou:

— Minha filha! Minha filha!

A filha da ogra apareceu. Era mais jovem e mais bonita do que a mãe, mas era mais malvada ainda e tinha os dentes mais compridos e mais pontudos.

— Estou aqui, minha mãe. O que você quer?

— Eu lhe trouxe o Joãozinho. Ponha-o já no forno, tenho que fazer umas compras... Vamos comê-lo hoje à noite, no jantar!

— Tudo bem, minha mãe!

A ogra saiu e a filha levou Joãozinho até o forno de pão. Chegando lá, ela disse:

— Deite na pá!

Joãozinho deitou na pá. A moça quis enfiá-lo no forno. Empurrou, empurrou, mas não conseguiu; Joãozinho estava com o pé esquerdo para dentro e o direito para fora.

— Deite direito!

— Está bem — disse Joãozinho.

Ele se ajeitou e a moça empurrou, empurrou... Mas dessa vez Joãozinho estava com o pé direito para dentro e o esquerdo para fora.

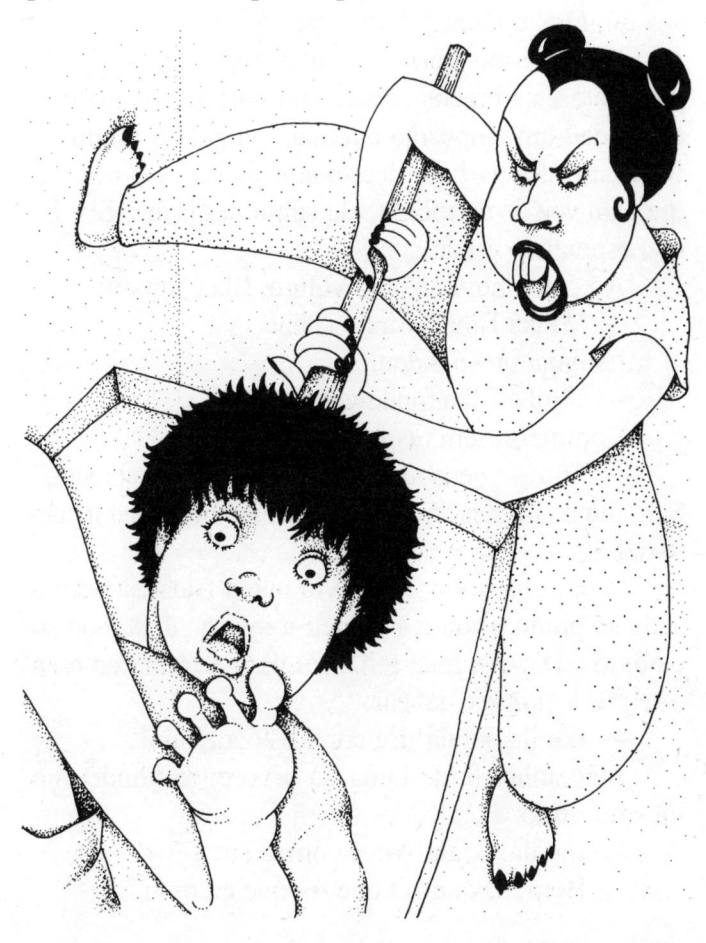

— Será que você não é capaz de deitar direito? — disse a filha da ogra, com raiva.

— Desculpe — disse Joãozinho —, é que eu sou meio bobo... Mas, se você me mostrar, talvez eu entenda...

— Ora, é fácil... Assim, veja!

Para lhe mostrar, a moça deitou na pá, com os pés juntos, os braços colados ao corpo... Joãozinho então deu um empurrão e a mandou para o fundo do forno, tirou a pá bem depressa e fechou a porta. Só que, em vez de ir embora, ele subiu numa árvore e ficou esperando escurecer.

Ao cair a noite, a ogra voltou. Ela chamou:

— Minha filha! Minha filha!

Ninguém respondeu.

— Minha filha, onde você está?

Continuou sem resposta.

— Ora — pensou a ogra —, será que ela saiu? Sem minha licença? Se é assim, azar! Vou comer a parte dela!

A ogra foi até o forno, viu que a filha estava assada ao ponto, tirou-a e comeu-a inteira, deixando só os ossos. Depois, toda feliz, foi para a frente da casa e se pôs a cantar e dançar:

— Laralá, laralá! Eu comi o Joãozinho!

Joãozinho, lá de cima da árvore, respondeu no mesmo ritmo:

— Laralá, laralá! Você comeu sua filha!

— Hem? O quê? O que foi que eu ouvi?

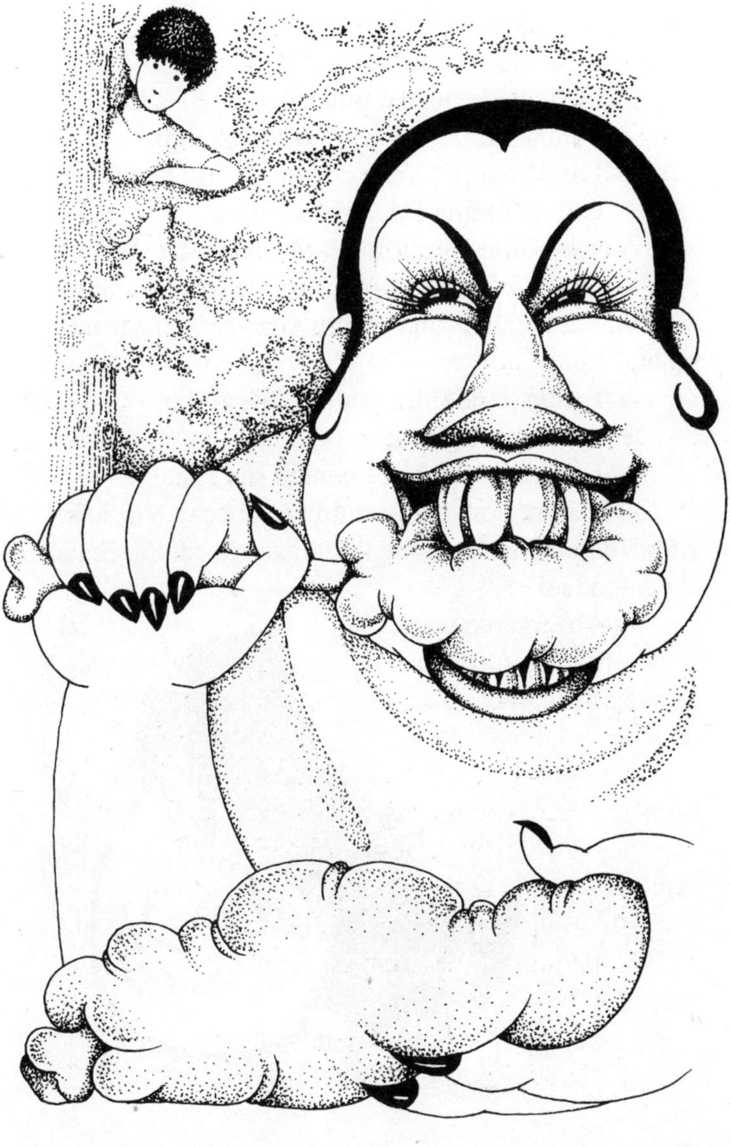

A ogra aguçou o ouvido... Nada.

— Deve ser o vento! — ela pensou.

E começou de novo a pular.

— Laralá, laralá! Eu comi o Joãozinho!

— Laralá, laralá! Você comeu sua filha!

— O quê? O que foi que você disse?

A ogra olhou, escutou... Mais nada. Ninguém.

— Ora — ela murmurou. — Que coisa estranha!

Voltou a cantar, mas dessa vez sem dançar nem pular:

— Laralá, laralá! Eu comi o Joãozinho!

E novamente aguçou os ouvidos.

— Laralá, laralá! Você comeu sua filha!

A criatura horrível levantou a cabeça e viu Joãozinho, empoleirado num galho, fazendo careta. Então ela entendeu!

— Ah, então é você, sem-vergonha! Ora, ora, espere só um pouco!

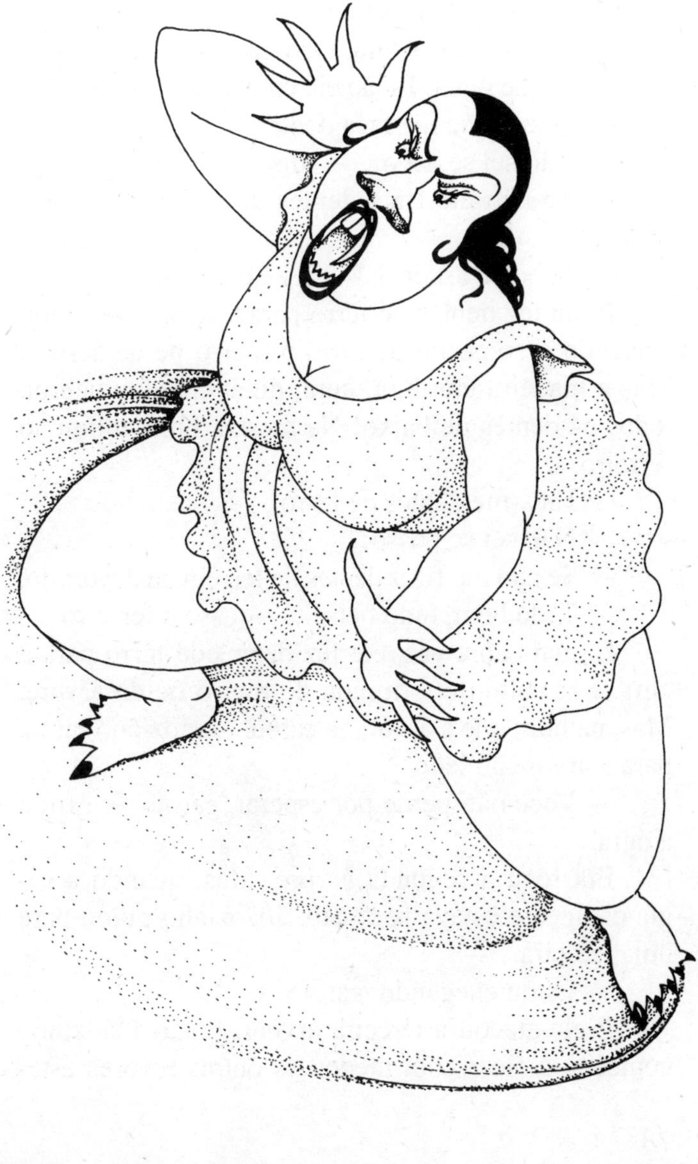

E ela começou a roer o pé da árvore. Só que a madeira era dura, muito dura, e a ogra quebrou todos os seus dentes de cima! Então ela correu até o ferreiro:

— Quero que me faça dentes de ferro!

— Não sei se devo... — disse o ferreiro.

— Se não me fizer dentes de ferro, vou devorá-lo!

— Já que é assim... — disse o ferreiro.

E ele fez dentes de ferro para a ogra. Ela voltou correndo e começou de novo a roer o pé da árvore. Mas a madeira era dura, dura, dura... e ela quebrou todos os dentes de baixo! Na mesma hora voltou ao ferreiro:

— Faça-me dentes de ferro!

— Não sei se posso...

— Se não me fizer dentes de ferro, vou devorá-lo.

— Tudo bem, tudo bem... — disse o ferreiro.

E, mais uma vez, ele fez dentes de ferro para a ogra. Ela voltou e terminou de roer o pé da árvore. Mas, na hora que a árvore ia caindo, Joãozinho pulou para a árvore ao lado.

— Você não perde por esperar, garoto — gritou a ogra.

Ela roeu a segunda árvore. Mas, quando a segunda árvore estava para cair, Joãozinho pulou para uma terceira.

— Estou chegando, garoto!

E ela atacou a terceira árvore. Então Joãozinho começou a ficar com medo. As outras árvores esta-

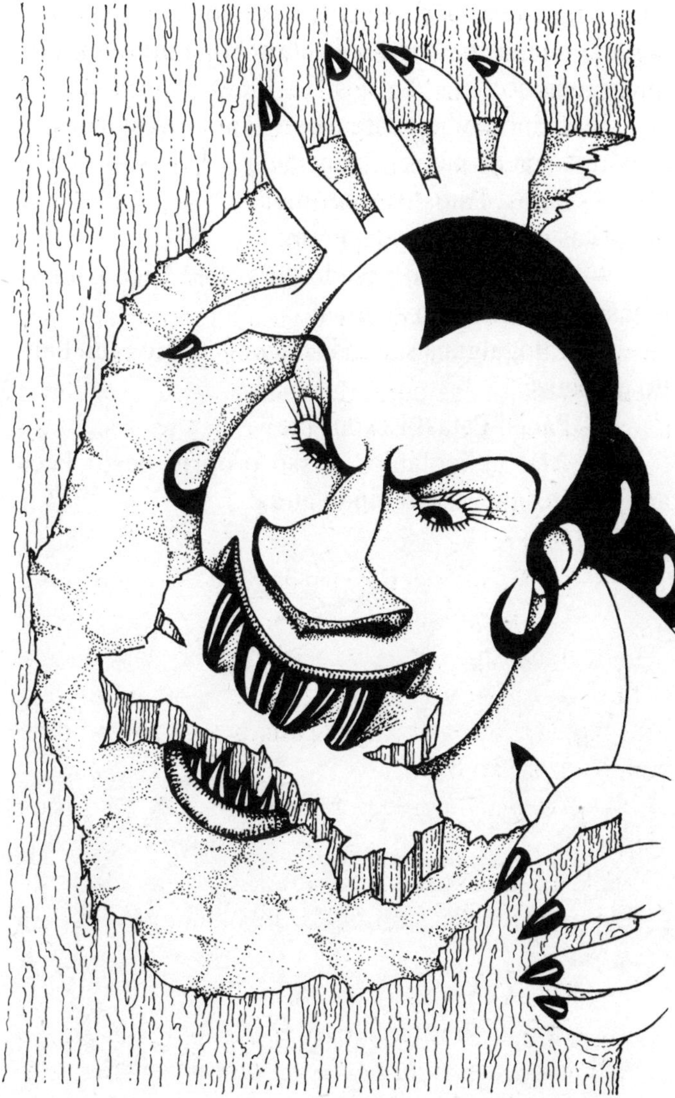

vam longe demais e, se ele caísse no chão, a ogra o pegaria na mesma hora, pois ela corria muito mais do que o menino!

Joãozinho olhou para o céu. Por sorte, viu passar uma revoada de patos selvagens.

— Patos! Patos! Levem-me!

Mas os patos responderam:

— Você é muito pesado para nós! Peça para as patas que vêm vindo aí atrás!

De fato, alguns segundos depois passou um bando de patas.

— Patas! Patas! Levem-me!

— Mal agüentamos nosso próprio peso! Peça aos filhotes que vêem vindo atrás!

E, de fato, alguns segundos depois passou uma nuvem de patinhos.

— Patinhos! Patinhos! Levem-me!

— Nós somos muito pequenos! Nossas asas mal nos sustentam!

— Se não me levarem, a ogra vai me devorar!

Então, com pena do Joãozinho, os patinhos desceram e o levaram. Foi em cima da hora, pois a árvore caiu...

Na manhã seguinte, na velha casa, o pescador e sua mulher estavam sentados à mesa, conversando. Embora o velho estivesse quase curado, embora a velha tivesse feito panquecas, era uma manhã triste!

— Onde estará o Joãozinho? — suspirou o velho.

— Não veremos mais nosso filho! — disse a velha. — A ogra o devorou... Vamos, me dê o seu prato.

E ela começou a dividir as panquecas:

— Uma para mim, uma para você...

Nesse momento ouviram uma vozinha, que vinha do telhado:

— E eu?

— Está ouvindo? — disse o velho.

— É o vento — disse a velha.

E ela voltou a contar:

— Uma para mim, uma para você, uma para mim...

— E eu?

— É a voz do Joãozinho! — exclamou o velho.

— Imagine! — repondeu a velha. — Estou dizendo que a ogra o devorou!

E continuou a distribuição:

— Uma para você, uma para mim, uma para você...

— E eu?

Dessa vez não havia mais dúvida! Os dois velhos saíram da casa, olharam para o telhado, e o que foi que viram? Viram seu filho Joãozinho, que os patinhos tinham deixado no telhado durante a noite! Então eles foram buscar a escada, Joãozinho desceu e os três entraram para comer as panquecas.

Pirlipipi, dois xaropes e uma bruxa

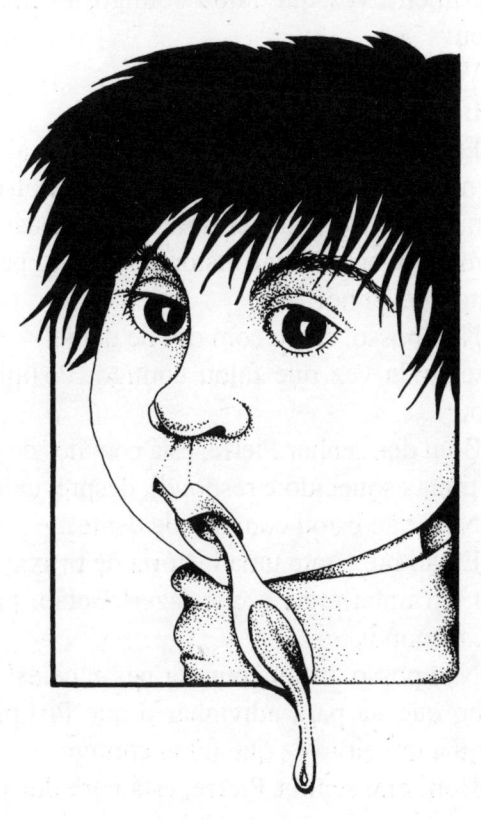

*Vejam só quem está aqui!
É meu amigo Pirlipipi!
Ele tem braço, olho e perna,
tem cabeça, boca e dente,
e, minha nossa, como é insistente!*

A primeira vez que falou comigo, Pirlipipi me perguntou:

— Você é o senhor Pierre!

— Isso mesmo, sou o senhor Pierre!

— Então me conte uma história de bruxa!

Eu não carrego história de bruxa no bolso para poder tirar assim, a qualquer hora... E eu estava cansado demais para inventar histórias! Então, para ganhar tempo, respondi:

— Não posso, estou com dor de dente!

A segunda vez que falou comigo, Pirlipipi me perguntou:

— Bom dia, senhor Pierre, está com dor de dente?

Eu tinha esquecido e respondi, desprevenido:

— Não, não estou com dor de dente...

— Então me conte uma história de bruxa!

Ora, eu tinha mais o que fazer! Então, para ter sossego, respondi:

— Não posso, estou com dor nas canelas!

Acho que dá para adivinhar o que Pirlipipi me perguntou a terceira vez que falou comigo:

— Bom dia, senhor Pierre, está com dor nas canelas?

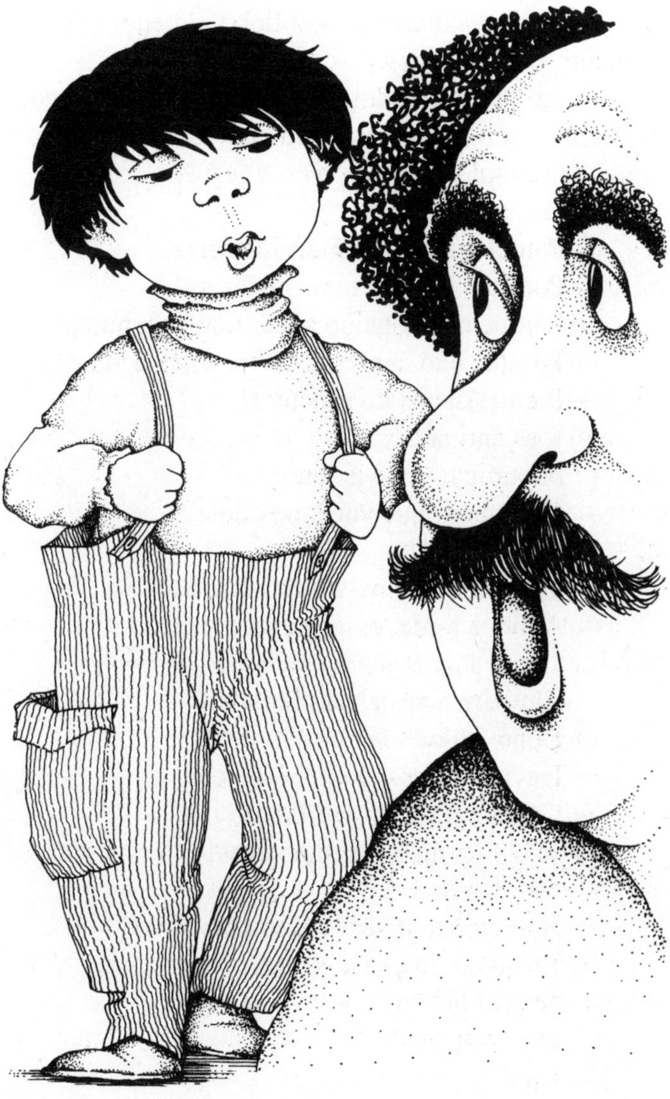

Dessa vez, como não sou bobo, entendi imediatamente. Então eu disse:

— Escute aqui, amiguinho, se é para me pedir para contar uma história de bruxa, pode desistir! Não conte com isso!
— Por quê?
— Porque não tenho mais histórias!
— Por que não tem mais histórias?
— Porque não consigo achar mais nenhuma!
— Por que não consegue achar mais nenhuma?
— Porque deixei de procurar!
— E as antigas?
— As antigas você já leu!
— Mas quero que você me conte!
— Não!
— Conte a da *Bruxa da rua Mufetar*!
— Agora é tarde, essa já está escrita!
— Conte a da *Bruxa do armário de limpeza*!
— Também é tarde! Já publiquei!
— Conte a do *Príncipe Pipo*!
— Devia ter pensado nisso antes!
— Conte a do *Blub, o filho do rei*!
— Já contei mais de cem vezes!
— Não faz mal! Reconte de novo!
— Não é certo dizer "reconte de novo".
— Então como é que se diz?
— "Reconte" ou "conte de novo".
— Conte de novo!
— Não!

— Não custava contar de novo! Então conte uma outra para eu!

— Não é certo dizer "conte uma outra para eu". O certo é "conte-me outra" ou "conte outra para mim"!

— Se eu falar certo você conta?

— Não!

— Então vá passear!

— Não é certo dizer "vá passear"!

— Como é que se diz?

— O certo é dizer: "Você me dá muita pena!"

— Tudo bem, você me...

Bem, não tenho coragem de escrever as palavras que meu amiguinho pronunciou depois.

Vocês estão pensando que depois disso meu amiguinho Pirlipipi se deu por vencido? Pois vocês não o conhecem! Mas eu já disse que

> *Ele tem braço, olho e perna,*
> *tem cabeça, boca e dente,*
> *e, minha nossa, como é insistente!*

Aquela noite fui me deitar. Mal tinha adormecido, Pirlipipi me acordou:

— Senhor Pierre! Conte uma história de bruxa!

Eu disse que não. Mas meu amiguinho não me deixou dormir a noite toda. Na manhã seguinte, fui à farmácia.

> *O farmacêutico se chamava Plutão,*
> *tinha cabeça, peito e barriga,*
> *orelha, pé, perna e mão,*
> *e sua loja era cheia de coisa antiga.*

Eu disse:

— Bom dia, sr. Plutão! O senhor tem xarope que faz parar quieto?

— Parar quieto? Só olhando para o teto?

— Isso mesmo! É para o meu amigo Pirlipipi, que não me deixa dormir a noite toda!

— Tudo bem — disse o farmacêutico.

Ele pegou um frasco e falou:

— Aqui está, pode levar! Uma colher antes de deitar. Uma só, não vá abusar! É um xarope de arrasar!
— O senhor acha que com isso ele vai se comportar?
— Como um santinho no altar!

Aquela noite, fui me deitar. Como na véspera, Pirlipipi me pediu:

— Senhor Pierre! Conte-me uma história de bruxa!

Eu não disse não, dessa vez eu concordei.

— Ah, que bom! — disse Pirlipipi.

E ele se sentou sobre a minha colcha. Então, tomei fôlego, pensei um pouco e comecei:

— Era uma vez uma bruxa, uma bruxa muito sabida. Sabia cozinhar, sabia arrumar a casa, sabia fazer geléia, sabia até fazer queijo. E ela fez um xarope... Aliás, quer experimentar um pouco do xarope?

Pirlipipi perguntou:

— Isso faz parte da história?

— Claro que faz parte — eu menti.

Peguei o frasco do xarope de arrasar, tirei a rolha, enchi uma colher e dei para o menino. Ele tomou, agradeceu e dormiu por cima da colcha.

Então eu me levantei, peguei Pirlipipi no colo, levei-o até sua cama e voltei para a minha.

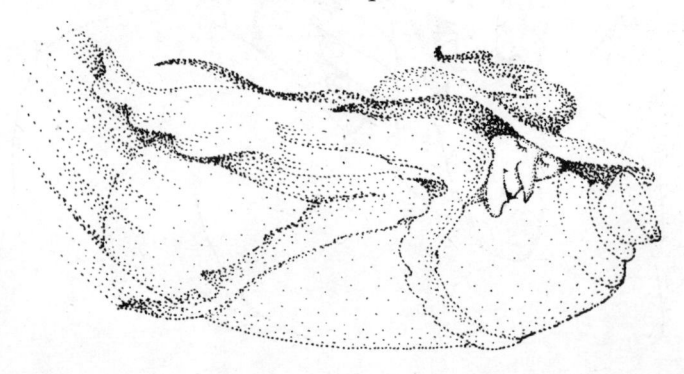

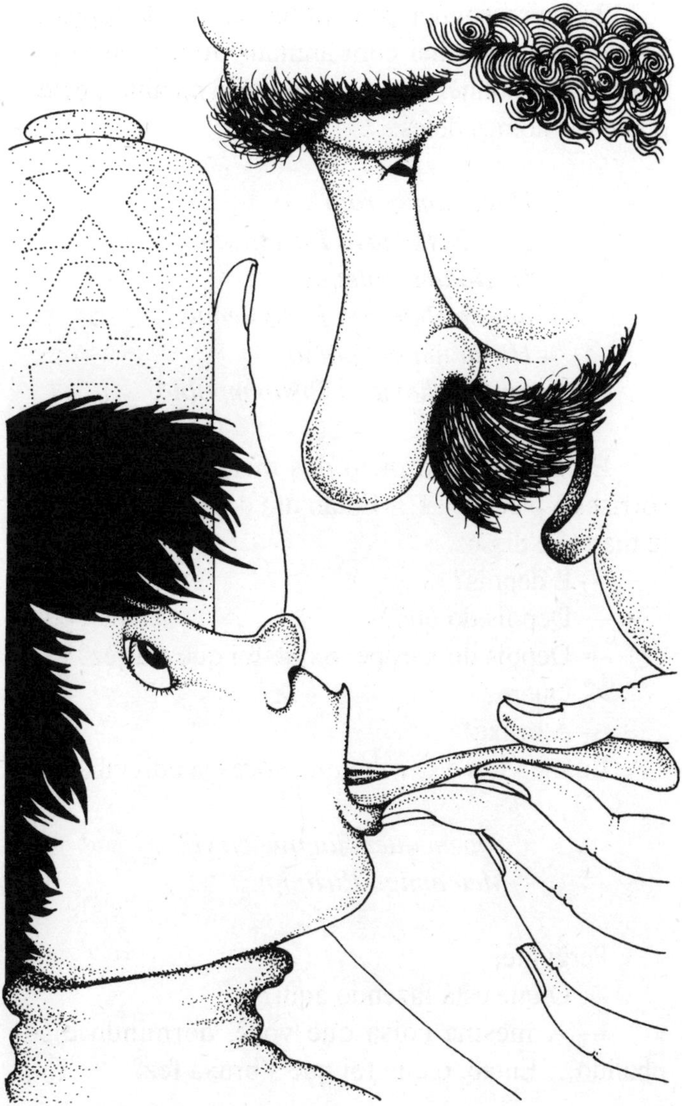

Primeiro sonhei com flores, flores de todas as cores. Depois sonhei com animais, todos muito lindos. Depois sonhei com um monte de meninos, e perguntei os nomes deles:

> *Havia um garoto*
> *que se chamava Pirlipiroto.*
> *Havia um moleque*
> *que se chamava Pirlipileque.*
> *Havia um pimpolho*
> *que se chamava Pirlipimpolho.*

Eu passeava no meio dos meninos, trocávamos sorrisos e piscadelas... Então um deles me puxou pela manga e disse:
— E depois?
— Depois do quê?
— Depois do xarope, o que foi que ela fez?
— Quem?
— A bruxa!
Eu me virei e... acho que vocês já adivinharam.

> *Sabem quem foi que eu vi?*
> *Meu amigo Pirlipipi.*

Perguntei:
— O que está fazendo aqui?
— A mesma coisa que você, dormindo e sonhando... Então, o que foi que a bruxa fez?

Na verdade, na verdade, meu amiguinho Pirlipipi é muito insistente! Mas, como também não sou bobo, eu respondi:

*Espere um minuto só,
o tempo de dizer um ó
e trinta vezes cocorocó!*

— Tudo bem! — disse Pirlipipi.
E, sem tomar fôlego, ele começou na mesma hora:
— Ó, cocorocó, cocorocó, cocorocó...
— Mais devagar — eu gritei.

E saí à procura de uma farmácia de sonho. Felizmente, havia uma no bairro.

O farmacêutico tinha cara de cão
três olhos, um barrigão,
três chifres, uma antena,
três bundas, três pés, coisa de dar pena.
Mas era sonho, ia virar fumaça,
e sendo assim até achei graça!

Eu perguntei:
— Bom dia, sr. Farmacêutico, o senhor tem xarope que faz acordar?
— Está querendo acordar alguém?
— É um menino agitado, que não me deixa sonhar sossegado!
— Tem receita médica?
— Receita? Não. Por quê? É obrigatório?
— Claro! Onde o senhor pensa que está?
— Desculpe — eu disse. — Não sou daqui, faz só vinte minutos que estou dormindo...
— Pois fique sabendo que não se deve acordar os outros à toa! Isso é crime, atentado contra a pessoa!
— Mas, sr. Farmacêutico, e se eu pagar?
— Não vai conseguir me dobrar.
— E se for muito dinheiro, à vista?
— Nesse caso, não há quem resista!
Paguei um dinheirão ao farmacêutico (não me custou nada, eram notas de sonho) para ele me dar um frasco enorme do melhor xarope para acordar.

— Obrigado, o senhor garante que isso faz acordar mesmo?

— O garoto vai ficar mais acordado do que correria de desenho animado! — disse o farmacêutico.

Eu me despedi e fui embora, encontrar Pirlipipi.

— Ah, até que enfim! — ele gritou. — Eu disse dez ó e trezentos cocorocó, e se você não tivesse chegado...

— Tudo bem, já entendi — eu disse. — Agora sente-se, que vou continuar a história.

Nós sentamos na beira da calçada. Pirlipipi perguntou:

— Então, o que a bruxa fez depois?

Respirei fundo:

— Depois do primeiro xarope, ela fez outro; melhor ainda do que o primeiro, bem mais doce... Aliás, não quer experimentar?

— Não, obrigado! Você vai me fazer dormir de novo!

— Ora, pense um pouco — eu disse. — Não posso fazer você dormir, pois nós dois já estamos dormindo!

— Isso é verdade — disse Pirlipipi. — Dessa vez faz mesmo parte da história?

— Claro! Vamos, abra a boca!

E eu lhe dei o segundo xarope. Imediatamente, plop!, meu amiguinho desmaiou. Ele acordou, evaporou!

— Finalmente! Agora estou sossegado! — suspirei.

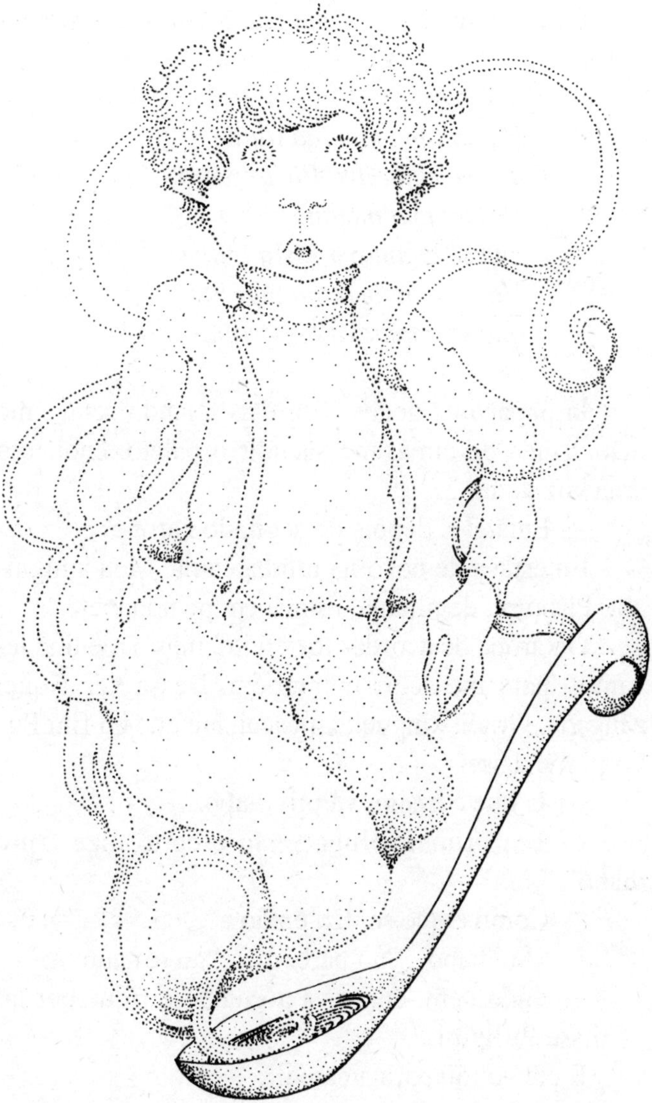

Então, para variar, sonhei com um monte de meninas.

Havia uma menina loira
que se chamava Pirlipipoira.
Havia uma menina ruiva
que se chamava Pirlipipuiva.
Havia uma menina morena
que se chamava Superlipipena...

Ia pagar uns doces para elas quando senti uma mão, vinda de cima, me sacudir o paletó, enquanto uma voz dizia:

— Então? E depois do segundo xarope?

Eu estava de novo na minha cama. Meu amiguinho Pirlipipi, de pijama, estava em pé no tapete.

O xarope de acordar fez efeito, mas o menino levantou para me acordar também. Dessa vez fiquei zangado. Gritei, xinguei, ameacei, até que no fim Pirlipipi me disse:

— Já que é assim, vá pro diabo.

— Em primeiro lugar, não é certo dizer "pro diabo".

— Como é que se diz, então?

— "Ao diabo", "ao barbeiro", "ao restaurante"...

— Tudo bem, então vá ao diabo e fique por lá! — disse Pirlipipi.

E ele voltou para a cama.

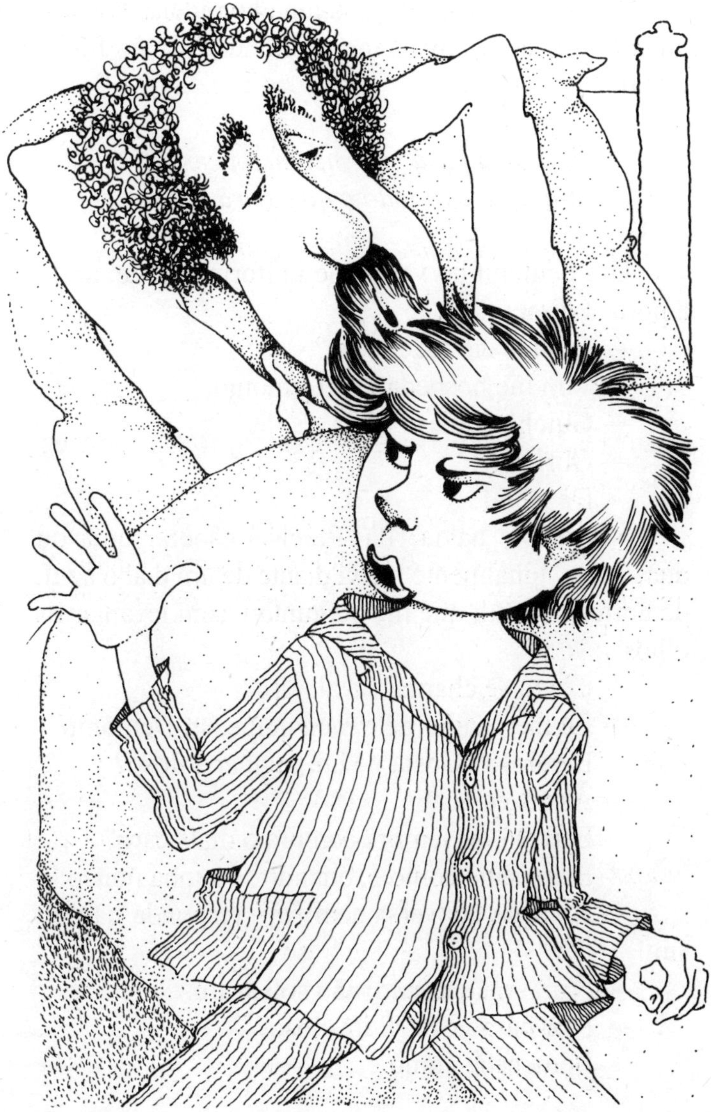

Ao diabo... De fato, era uma boa idéia! Lá meu amiguinho não iria mais me incomodar! Então fui ao diabo:

*Era uma casa enorme, uma pensão,
que ocupava todo o quarteirão.*

Um demoninho verde, de uniforme verde, abriu a porta e disse:
— O que veio fazer aqui?
— Vim me hospedar, sr. Demônio.
— Guichê número três.
— Obrigado.
— De nada!
No guichê havia fila. Precisei esperar uma ou duas horas. Finalmente me vi diante de um diabo azul, de uniforme azul, que me perguntou, sem levantar os olhos:
— Como se chama, cavalheiro?
— Eu me chamo pelo meu nome, sr. Demônio.
— É guloso? Gosta de um ragu apetitoso?
— Às vezes.
— É avaro ou sempre compra o mais caro?
— Bem, sabe como é, quando se ganha pouco...
— Ah, que conversa sem fim, responda não ou sim!
— Não, sr. Demônio, não sou avaro.
— Pior para você! É invejoso?
— Bem, sabe como é...

— Sim ou não, seu moleirão!

— Então não.

— Azar. É preguiçoso? Demora para acordar?

— Um pouco.

— Está melhorando. É raivoso, resolve tudo xingando?

— Quando dá na telha.

— Mas é raiva da brava, de deixar a cara vermelha?

— É.

— Muito bem! É orgulhoso?

— Ah, isso eu sou.

— Ótimo. É luxurioso?

— Luxurioso? O que significa isso?

— Vai ficar sabendo depois… É luxurioso? Sim ou não?

— Não sei, ora!

— Então a resposta é sim. Pronto, aqui está seu bilhete. Trate de não perder. Seu lugar é na caldeira nº W 13-792, cabine 4… Ah, já ia esquecendo: sua data de morte?

— Minha data de morte?

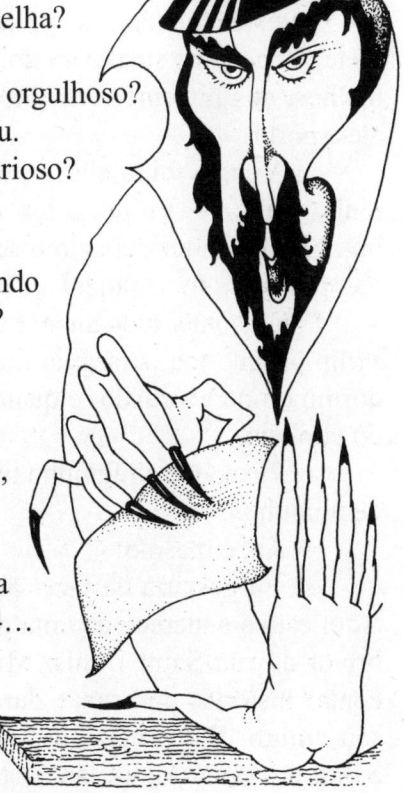

— É isso aí! Quando foi que morreu? Hoje? Anteontem? Há quinze dias?

— Mas eu não morri!

— Como?

O demônio se ergueu de um salto, debruçou-se na mesa e me examinou de cima a baixo...

— Não mesmo! O senhor tem sombra! Mas, se não está morto, o que veio fazer aqui, seu estúpido?

Enquanto eu tentava explicar, ele rasgou meu bilhete. Depois fez sinal para dois enormes diabos vermelhos, de uniforme vermelho, que me empurraram até a porta.

— A culpa foi minha, desculpe — disse o demoninho verde. — Eu devia ter notado que tinha sombra. Não devia ter deixado o senhor entrar. Mas, afinal, por que quis vir aqui?

Então contei tudo a ele: falei do meu amiguinho Pirlipipi, que me perseguia dia e noite, estivesse eu dormindo ou acordado, e quando ele estava dormindo também...

— Puxa, que amiguinho insuportável! — disse o demoninho.

— Ah, é mesmo!

— Eu gostaria de fazer alguma coisa por ele... Aqui está o endereço de uma grande amiga minha, a bruxa da rua Saint Denis. Minha amiga vai poder contar histórias de bruxas durante meses a fio para seu amigo. É a profissão dela. Além do mais, ela adora crianças. Adora tanto que, quando pega alguma, não a devolve mais para os pais, até ela crescer. Mande o Pirlipipi procurá-la. A bruxa vai ficar feliz, e ele vai ficar encantado!

Fiz o que ele disse. Mandei Pirlipipi procurar a bruxa da rua Saint Denis e, durante dez anos, não tive notícias dele.

Um dia, li no jornal que a tal bruxa tinha morrido. Na mesma tarde, um rapaz veio bater à minha porta.

— Senhor Pierre, por favor!
— Sou eu mesmo. Quem é o senhor?
— Sou Pirlipipi!
— Pirlipipi? Como você cresceu!
— Vim lhe agradecer!
— Agradecer o quê?
— Por ter me mandado à rua Saint Denis!
— Faz tempo que você voltou?
— Acabei de chegar!
— Foi você que matou a bruxa?
— Fui eu. Para obrigá-la a ficar quieta.
— O que foi que aconteceu?
— Ela contou, contou...
— Histórias?
— Inacreditáveis!
— Bonitas?
— Lindas!
— Ah, conte-me uma, por favor!
Mas então meu amigo deu um sorriso maldoso:
— Não posso, estou com dor de dente!
— Está me achando muito exigente?
— Exatamente!
— Ora, por favor!
— Não posso! Ai minhas canelas, que dor!
— Está dizendo isso por pura maldade!
— É verdade!

— Conte, conte! É um pedido de amigo!
— Estou com dor no umbigo!

E, dizendo isso, ele foi embora. Não gostei nada dessa atitude! Depois de tudo o que fiz por ele!

Pirlipipi abriu uma loja bem ao lado da farmácia. A loja se chama "Histórias de Bruxas".

A qualquer hora do dia
faz fila na porta a freguesia,
e quem entra tem direito a uma história.
Mas, quando me vê chegar,
Pirlipipi, com ar de vitória,
inventa uma dor em algum lugar.

Impresso nas oficinas da
Gráfica Palas Athena